거긴 여기서 멀다

책 만 드 는 집
시인선 198

거긴
여기서
멀다

정혜숙 시조집

책만드는집

"나 여기 있어요"

귀엣말하듯

기척을 합니다

저만치 걸어가는 당신

우리의 간격은 좁혀지지 않고

마침내 저녁 언저리입니다

영영 닿지 않아도 좋습니다

멀리 있어 더 아름다운 당신입니다

2022년 6월

정혜숙

| 차례 |

2부

3부

4부

1부

나비의 문장을 읽어요

초서체의 문장을 천천히 따라가요
맑고 아름다운 나비의 홑겹 노래
읽힐 듯 읽히지 않는
쓸쓸한 비문祕文이죠

나비를 부축하는 바람의 행려와
무릎에 고개를 묻은 초로의 저 남자
마음이 출구를 잃어
안개 속에 갇혀요

서풍의 갈피에 희미한 울음 몇 올
꽃의 이마 쓰다듬는 봄의 미간 어두워요
누구나 세상에 와서
조금씩 울다 가죠

시선을 먼 데 둔다

손거스러미를 자르며 조간을 펼친다
모래알처럼 서걱이는 온기 잃은 활자들

자꾸만 흐려지는 시야,
시선을 먼 데 둔다

작은 새 떠난 가지에 잔산한 파동이 일고
곁을 쉬이 내줬던 심장이 더운 나무

마음을 수습하느라
미간의 그늘 짙다

드물게 기척을 하는 오래된 벗과
이태 만에 움을 틔우는 서너 촉의 상사화

살면서 다행한 일은

묵은 안부 듣는 일

어둠이 발목을 적실 때

바람의 입술 까칠해요 벌써 상강이에요
창호지처럼 얇은 햇살 아니 온 듯 다녀가고
행간이 젖은 편지는
그저 접어둡니다

바람의 입술에서 흐르는 허밍과
쓰다 구긴 시처럼 흩날리는 혼잣말들
마음을 놓쳐버린 것들이
서녘을 다 태우네요

지척에 온 이별을 예감이라도 하는 듯
체념 빠른 나무는 일찍 물이 들어요
어둠이 발목을 적시자
개밥바라기 글썽여요

산자락 북향집

탱자울 푸르던
산자락 북향집

삐걱이는 툇마루에 옛날처럼 앉아본다

작은 꽃
쥐꼬리망초
숨은 듯 다소곳하다

열어둔 쪽문을 나는 닫지 못한다

유감없어 푸른 하늘
옷섶 맑은 구름들

당신은
어느 처마 아래서
객수客愁를 달래고 있나

늘 그렇듯 담담한 얼굴로

좀 더 다정했으면, 좀 더 웃었더라면…
꽃의 슬하에 놓인 그늘이 깊습니다

바람은 목이 쉬도록
울다 가곤 합니다

늘 그렇듯 담담한 얼굴로
구름은 흐릅니다
쓸쓸한 후렴처럼…

4월의 능선을 넘어 하염없이 흐릅니다

속눈썹이 긴 이스라지꽃이 떠난 후
계수나무 아래서 한참을 서성였지요

거기도 봄이 닿았나요?
새 움 다시 돋나요?

어디에도 없는 다정

흠결 없는 문장은 읽기도 전에 사라진다
시효가 지극히 짧은 아름다운 꽃의 서체

이제 나 어디로 가랴
꽃이 저리 지는데

한 뼘 남은 햇살이 서녘에 위태롭고
한지에 먹물 스미듯 어둠이 번진다

끝까지 와버렸구나
어디에도 없는 다정

바람 앞에 맨몸으로 뒹구는 생이 있어
당신은 이마를 짚어 그 생을 좇아간다

후미진 골목 끝에서
근조등이 흔들린다

슬픔을 운구하듯이

누군가 북채를 들어
둥둥 북을 울리자
세간의 슬픔이 죄다 서녘을 향한다
어스름 적당히 내려
울기에 좋은 시간

옷섶을 적시며
당신이 떠난 후
한 생을 건너가는 얇고 추운 문장들
슬픔을 운구하듯이
새들이 날아가고

봄, 별후

두 사람 등 돌린 채
다른 곳을 보고 있다

수선화의 전설을 잠깐 생각하면서

식은 차 마시는 오후
하루가 가파르다

낙화처럼 독설처럼
청명 근처 내리는 눈

펼쳐진 시집의 문장과 여백 사이

어둠이 겹겹 내리고
마음은 길을 잃었다

여전히 바람이 잦다

서풍을 따라왔나 검은 날개 실잠자리
여름의 화음이 뜨락에 만수위다

도라지 맑은 전언도
기척 없이 도착했다

한 짐 그늘 없는 땡볕 아래 채송화
빨강 노랑 진분홍, 말랑하고 상냥한 말

사람이 꽃보다 아름답다는
그 말… 쓸쓸한 거짓말

나를 떠난 문장은 한낱 검불 같아서
이쯤에서 돌아갈까 여러 날을 뒤척인다

여전히 바람이 잦고
남은 건 없다, 빈손이다

다른 건 다 그만두고

간밤, 뒤척이며 잠들지 못한 당신
관자놀이 누르며 꽃씨를 묻는다

다른 건 다 그만두고
읽던 책도 덮어둔 채

남으로 뻗은 가지, 작은 새 다녀간 후
한 줌 온기에 기대어 순 틔우는 나무들

닫아둔 빗장을 여는
참 맑은 손가락

만자창에 어리는 서녘의 붉은 노을
상두꾼 없는 상여가 하늘 난간에 얹혔다

구름의 눈물 닦으며
저녁 새는 날아가고…

거긴 여기서 멀다

에스프레소 한 잔으로 오늘도 잠은 멀다
무표정한 시간은 여전히 나를 비껴가고

어둠의 봉인을 뜯는
흰 달이 높이 떴다

무딘 칼날에도 마음은 움푹 파이고
소리 내어 울지 않아도 옷섶이 흥건하다

지명을 모르는 바람
위로처럼 건듯 분다

거긴 여기서 멀다, 그리운 은적사
도라지꽃 보랏빛 문장 아직 거기 있는지…

때로는 네가 그립다
숨어 살기 좋은 곳

조금 울었다

지구 저편에서 부음이 날아왔다
바람 불고 비 내린다, 꽃들의 봉두난발

몇 번을 읽고 또 읽는
유작의 너머, 혹은 배후

흩어졌다 모이는 이마 밝은 구름과
맑아서 서러운 작은 새의 긴 후렴

다 해져 읽을 수 없는
가을날의 먼 안부

시인의 서명을 오래 들여다본다
그늘이 드리워진 한 획, 또 한 획

간신히 완성한 토막말
나는 조금 울었다

묵은 그늘 흩어진다

헐거워진 바람이 보리밭 이랑에 너울댄다

언덕엔 자운영, 얼굴 밝은 꽃다지

우거진 찔레 덤불 아래

아뿔싸! 똬리 튼 뱀

관자놀이 빠르게 뛰는 맨발의 초록과

말할 수 없으며 만질 수 없는 것들이

파르르 떨면서 온다

묵은 그늘 흩어진다

혼잣말이 붉었다

하드보일드 소설을 머리맡에 두는 계절

곡선을 그리며 새들이 날아가고

녹이 슨 돌쩌귀처럼

삐걱이는 날이 많다

별빛이 차고 맑아 전전반측하는 밤

낮아진 심지를 돋워 시엽지를 읽는다

투명한 시간의 행로

쓸쓸한 혼잣말들

걷고 또 걷습니다

지명이 낯선 곳으로 거처를 옮겼군요
붉은 소인에서 눈길 거두지 못해요
여기는 수국이 한창입니다
아득한 남보라예요

부드러운 남풍이 간간이 불지만
기다리던 소식은 먼 곳에 있습니다
바람의 역빙향으로
걷고 또 걷습니다

여름에 드는 길목은 제법 소란하구요
나무들은 초록 속으로 얼굴을 묻어요
구름은 흩어졌다 모이며
정처 없이 흐릅니다

2부

초록이 묽어진다

한로가 가까워지니 초록이 묽어진다

나무들의 이마에 수심이 어리고

저마다 수첩을 펼쳐 인연을 정리한다

손 뻗어 닿을 수 없는 우린 멀리 있었다

화음 없는 노래로 목청을 높였으니

더 이상 부를 노래도

노랫말도 이젠 없다

질긴 울음처럼 추적추적 빗소리

무심코 눈물이 흘러 베갯머리를 적시고

오늘도 잠을 놓친다

불면의 밤이 길다

시간을 시침질하듯

−큰물 이후

큰물이 두려웠노라… 울면서 얘기하는
바람에 펄럭이는 나뭇가지의 넝마들
다시는 돌아갈 길 없는
서러운 이산離散 같은

죽은 듯 미동 없는 모로 누운 나무 위에
초겨울 햇살 몇 올 어루만지듯 다정하다
깨끗한 모래톱마다
젖니처럼 풀이 돋고

모래성을 쌓는 아이
희고 맑은 웃음소리
아빠는 그 곁에서 물수제비뜨고 있다
시간을 시침질하듯
아다지오로 조용히

거기도 새가 우나요

해마다 여름 초입 산을 내려오는
처음도 끝도 없는
새의 노래 혹은 문장

하늘엔 흰 달의 실루엣
유랑하는 구름들

그쳤다 다시 울고
반 박자 쉬어 우는
새의 음독으로 그예 귀가 젖는 밤

당신도 혹시 듣나요
거기도 새가 우나요

목백일홍 붉어요

몽유처럼 풍문처럼 번지는 붉은 꽃물

석 달 열흘 쉼 없이

두루마리 장서를 써요

파지가 수북이 쌓이고

마음은 구겨져요

바람 한 점 없는 날

만 리 밖 향하는 호명…

현 없이 우는 노래, 당신 들리나요?

마침내 흰 재로 남은

마음이 보이나요?

신월리

표지 낡은 소설이다, 바닷가 작은 마을
전생의 한 시절 스쳤던 곳만 같은…
나는 왜 여기에 와서
내 전모를 보는가

반쯤 허물어진 이끼 앉은 담장 너머
인기척이 들린다
사람이 사나 보다
전생을 건너온 내가 후생을 사나 보다

너 많이 늙었구나 무척 오래 견뎠구나
그늘이 품고 있는 멀구슬나무 일대기
길보다 낮은 지붕이
그 비밀 알고 있다

허공에 실금을 긋듯

잿빛 바랑을 메고 북풍이 도착했다
늙은 개오동나무 안색은 쓸쓸하고

허공에 실금을 긋듯
찬 하늘 새 한 마리

동동 떠다니는 마음 없는 입술과
바람이 일별하는 두루마리 비망록

마침내 그믐처럼 사위어
흰 수의로 남은 문장

한 걸음 다가서면 그만큼 멀어지는
적막한 시의 행간, 만수위의 혼잣말들

서문도 본문도 없이
또 한 해가 다녀간다

눈물로 관이라도 짜듯

손톱에 뜬 반달처럼 깨끗한 부추꽃
부스스 눈 비비며 꽃대 밀어 올린다

천천히 기척을 하는
뜨락의 착한 고요

문득 높은음자리로 매미가 울고 있다
소리책을 넘기는지 멈췄다 다시 운다

눈물로 관이라도 짜듯
목청이 붉디붉다

오래 망설이다 남겨놓은 추신 같은
간명한 꽃의 언어, 투명한 매미의 말로

이곳의 안부 갈음한다

가을이 지척이다

사위 문득 고요하다

수목원의 모퉁이 팔걸이의자에 앉아서
솔기 없는 구름의 수사를 읽는다

궁리에 궁리를 거듭하는
두루마리 긴 편지

뭍새들의 발자국이 백사장에 어지럽다
모래 위의 문장은 새들의 후일담

누구나 읽을 수 있는
다정하며 쓸쓸한 말

하늘에 혹은 땅 위에 펼쳐지는 말, 말, 말
숨은 듯 외따로 핀 원추리의 전언 앞에

바람이 숨을 고른다
사위 문득 고요하다

추수 秋水

풀벌레 가늘게 울어 초록이 푸석하다

지난 계절의 행로는 대체로 어지러웠으나

당신이 근황을 물어 오면

나는 늘 잘 있다 했다

기척 없이 붉어지는 산기슭의 나무들과

작은 오목눈이들의 부산함을 살피다가

천천히 귀로에 든다

반음 높아진 물소리

꽃들이 신음도 없이

시나브로 어둠이 번져 개밥바라기 눈 비빌 때
꽃들이 신음도 없이 얇은 몸을 누일 때

도처에 입술을 깨물며
밤을 건너는 사람들

말할 수 없는 것들
말이 될 수 없는 것들

입이 있어도 도무지 음音을 찾지 못한 채

쓸쓸한 꽃의 허밍으로
여기, 저무는 사람들

해 지는 쪽을 향해 걸었던 적이 있다

해 지는 쪽을 향해 걸었던 적이 있다
먹물 같은 어둠을 찢으며 흰 달이 돋았고
시간의 부축을 받아
지금에 이르렀다

적응을 묻는 질문에 편안하다고 하면서
출가한 지 6년째라고 담담하게 말했다
통증이 무지근하게
명치를 짓눌렀다

어느 봄날 불현듯 출가를 결심하고
몇 잔 술의 힘을 빌려 어머님께 고했다 했다
도처가 겨울이었던 때가
내게도 있었다

부음을 듣다

연일 내리는 비에

눈두덩을 식힌다

상한 꽃들이 울음 그치지 않아서

내 슬픔 거기에 보태

꽃과 함께 울었다

바람이 숨을 고르며

길 없는 길을 간다

마음이 평정을 잃어 서녘을 향할 때

더 할 말 이젠 없다며

입술을 닫은 사람

개밥바라기, 젖은 눈

야트막한 산자락에 물매화 피고 졌다

그 행간 사무쳐서

엎드려 울 때 있었다

연하고 서러운 그 말

귀 막아도 들렸다

아득히 멀어서 돌아가지 못하는 땅

나를 알던…

내가 알던 사람들 거기 없고

가만히 어둠을 밀어내는

개밥바라기

젖은 눈

낡아서 애틋한

감꽃을 주워 먹고 횟배를 앓던 아이

마당 한켠 감나무는 말수가 줄었고

한낮의 정적을 깨는

목청이 붉은 수탉

마당엔 햇살이 넘칠 듯 출렁였다

삘기꽃은 쇠어서 하얗게 쇠어서

바람의 방향을 따라

가늘고 긴 울음소리

흰 뼈만 남은 말들이

복면을 한 사람들이

저물도록 걷는다

눈으로만 하는 말은 난해한 시와도 같아

도무지 읽히지 않는다

우린 서로를 모른다

고립무원의 날들이다

침묵이 하염없다

이곳이 어디쯤인지 얼마나 가야 하는지…

흰 뼈만 남은 말들이

천지간에 가득하다

3부

이쯤에서 접을게요

솔기 해진 이야기
이쯤에서 접을게요

사위는 잔광에 눈시울이 젖습니다

때로는 천 길 벼랑에서
바람의 말을 들었죠

다 닳은 지문은
행방이 묘연하구요

개망초 방가지똥 너나들이하는 마당

달빛이 지천입니다
마구 넘실댑니다

너는 오지 않았다

요란한 굉음을 내며 기차가 지나갔다

억새들의 격문이 바람에 펄럭이고

한 번쯤 들를 거라던

너는 오지 않았다

바람의 갈피에 묻어 철새들은 다시 왔다

삼베옷을 걸쳐 입은 바람의 미간 어둡고

한 번쯤 들를 거라던 넌

영영 오지 않았다

먼 데서 온 묵독이다

−봄맞이꽃

사기 접시에 담겨있는 맑고 흰 꽃의 말

손대면 부서질 듯, 먼 데서 온 묵독이다

묵독에 귀 기울이다

잠시 균형을 잃었다

소문도 기척도 없이 이울어가는 봄날

네 말은 내게로 건너오지 못해서

서녘의 간찰이 되었나

차마 읽지 못한다

청명

자욱한 안개를 건너 전언이 도착했다

늙은 나무 우듬지에 걸터앉은 바람과

몇 올의 여린 햇살이

해찰하는 청명절

부리 짧은 새들의 목청이 높아서

기어이 길 나선다,

초고는 덮어둔 채…

길섶엔 얼굴을 내미는

꽃들의 환호작약

그날

차 씨 별장 딸기밭에서 화약 냄새 맡았어요

아카시아꽃이 지고 장미꽃 붉던 무렵

멀리서 가까이에서 화급하던 전언들

높낮이 없는 톤으로 표정 없는 얼굴로

그날을 기억하는 상흔 아직 검붉어요

선명한 5월의 문장紋章 삭제할 수 없어요

그때 그 이야기는 멀찍이 놓아둔 채

아무 일 없었다는 듯 꽃들은 피고 지고

여전히 기차는 달려요

극락강 건너 칙칙폭폭

가까이 앉아요

몇 뼘 더 높아진 하늘,

낮달이 파리해요

단풍은 드문드문 소지 올리듯 붉구요

저녁이 지척입니다

꽤 멀리 왔습니다

잎 진 나무들의 검은 늑골 사이로

거친 바람 붑니다 온기 한 점 없어요

오늘은 가까이 앉아요

조금만 더 가까이

추신처럼 새가 운다

오래된 스프링 노트 첫 장을 열어본다

"굵고 짧게 살자!" 단호한 일성一聲 한 줄

남몰래 별을 품었던

산번지가 있었다

잉크는 번지고 군데군데 삭아서

인적이 드문 길에 간간이 새가 운다

다 하지 못한 말들을

추신처럼 울고 있다

사나흘 은자隱者처럼

마음은 먼 곳, 거처가 아득하고
바람의 기별에 꽃잎 마구 흩날린다

새들은 망설임 없이
어디론가 날아갔다

영아자꽃 만났던 계곡을 다시 찾아
시든 꽃 몇 잎 주워 물에 띄워 보내며

물소리 대작하면서
물의 악보 읽겠다

사나흘 은자처럼 세사는 멀리 두고
바람의 후렴이 옷섶에 흥건해도

혼곤한 잠에 들겠다
그랬으면 좋겠다

다시, 접경이다

반쯤 비운 잔을 놓고 우리는 일어섰다
서녘엔 일필휘지
초서체의 간찰 한 통

마음이 다시 접경이다
꽃의 미간 어둡다

입술은 까칠해서 간혹 말을 잃어버려
완강한 어둠 속에 우두커니 되곤 한다

대체로 생은 미로 같고
모래언덕 바람 같다

찬 바람에 속수무책 흩어지는 마른 잎
소식은 먼 데 있고 생각은 야위어서

별들의 푸른 필체에
마음을 얹는 저녁

배후는 없었다

한 청년이 죽었다는 연지를 찾았다

울음을 참으며 자귀나무꽃이 피고

단문의 바람이 분다

배후는 없었다

불협화음의 날들이 길게 이어진다

가슴 한켠 수북한 말이 되지 못한 말들

단 한 줄 유언도 없이

평생이 저물었다

달의 남쪽을 걸었다

달의 남쪽을 천천히 걸었다
두루마리 실록을 품은 나무는 미동 없고
바람의 음률을 따라서
구름이 흘러갔다

숲은 어둑했고 품은 깊고 넓었다
햇살이 예각으로 소로에 앉을 즈음
발목이 붉은 새들이
포르릉 날아다녔다

기우는 햇살처럼 마음이 묽어졌다
어미 닭이 병아리를 깃에 깊게 품듯이
월남리, 달의 남쪽에서
나무 경전을 품었다

나무들이 말했다

초록이 야위어 하마 핼쑥하겠다
에움길에 만났던 그늘 깊은 비수구미

저녁이 빨리 온다고
나무들이 말했다

어깨를 치고 가는 바람의 농담과
적막도 아랑곳없이 피고… 또 피던 꽃들

산목련 어깨 너머로
드문드문 구름 몇 점

그날 이후 길 위에서 자주 서성인다
음정을 잃은 새처럼 간혹 목이 메고…

걸어서 닿지 못하는

영영 초고草稿인 땅

이제 그만 가시라 했다
- 다시 별서에서

유랑하는 구름을 따라 저자에서 멀리 왔다
이목구비 흐린 달도 주춤주춤 따라왔다
저만치 간격을 두고
무덤덤한 얼굴로

작은 목교를 건너 동백 숲을 지나서
과묵한 나무들의 사원을 거닐었다
잘 여문 새소리 들으며
바람경도 담으며

이끼가 겹겹 앉은 고딕체의 나무들
나무들과 더불어 나절가웃 놀았다
서녘이 등을 떠밀며
이제 그만 가시라 했다

산책

낙상홍의 귀엣말에 시늉을 해주고

물든 계수나무에게로 곧장 다가간다

마음이 기우는 쪽으로

보폭이 빨라진다

지상에는 하루치의 저녁이 내리고

후미진 공원 한쪽 누워있는 저 남자

날마다 저녁인 남자

어둠과 한편인 남자

왕릉의 가을

－구형왕릉에서

산청군 금서면 화계리 산16
동서쪽 경사면에 숨은 듯 왕릉 한 기
가락국 마지막 왕의
울음이 묻힌 처소였다

검은 돌이 품고 있는 사기仕記를 더듬을 때
풀벌레 가늘게 울어 고요를 흩는다
옷섶을 여민 바람이
까치발로 다녀가고

돌들은 과묵해서 풀씨 하나 품지 않아
마실 온 작은 새 내려놓은 온기 몇 점
마음을 수습하면서
우린 귀로에 들었다

4부

가벼운 농담을 하듯

꽃들의 소란은 고요하며 맑습니다
가벼운 농담을 하듯
봄이 다녀가네요
어둔 귀 깊숙이 열어 꽃의 화음 들어요

답청하듯 읊조리듯 걷고 또 걷습니다
말랑한 햇살이 어깨를 적시구요
당신은 몇 발짝 처지더니
그예 멀어집니다

하마 지친 모란이 향기를 거둡니다
나도 그만 나를 접어 꼬깃꼬깃 구겨서
꽃밭에 휙! 던집니다
더 할 말…
없습니다

우회로를 택했다

유랑을 꿈꾸는 산정의 늙은 나무
바람의 방향을 따라 온몸이 휘어진다

생각이 깊은 나무는
우회로를 택했다

흘러가는 구름의 행로를 살피거나
깃을 치며 날아가는 저물녘 새 떼를 보며

그 자취 희미해지도록
눈길 거두지 못한다

태생부터 홀로였으니 이미 홀로였으니
온몸으로 버텼던 날들… 쓸쓸한 방백들이

무늬로 새겨져 있다
아름다운 음각이다

저녁의 굽은 등 너머

뒤란의 새소리 몇 닢 옮겨 적지 못한 채
하루를 탕진했다, 행간이 적막하다

어둠은 만상을 지우며
저잣거리 배회한다

손에 쥐면 바스러지는 문장은 가엾고
온기를 잃은 것들은 까무룩 멀어진다

저녁의 굽은 등 너머
글썽이는 어린 별

그 숲에 두고 왔다

부드럽고 간명한 나무들의 깊은 서체

오늘은 노각나무의 궁리를 더듬었다

나무의 거처에서 한나절

흐린 눈을 닦았다

문득 바람이 일어 숲이 수런대자

짧은 음표 부리에 문 새들이 날아갔다

그 숲에 날 두고 왔다

데려오지 못했다

주렴을 내린다

헐렁한 이별이다

마음이 평정을 잃었다

준비 없는 부음을 오늘도 접한다

걷었던 주렴을 내리는데

못갖춘마디, 새소리

온기 잃은 다정은

비를 품은 구름이거나

은사시나무 우듬지의

흰 바람이거나…

고모는 어디쯤 가셨나

소서小暑에 가신 내 고모

길 위의 악사

연필화처럼 다정하고 쓸쓸한 해거름 녘

한낮의 소란들 시나브로 잦아들어

새로이 운韻을 띄우는

정갈한 별 하나, 둘

간혹 바람이 불어 더운 이마를 식히고

허공에 흩날리는 단조의 음표들

사내는 인중이 길고

눈두덩이 움푹했다

한로 부근

꽃 핀 부추밭에 식은 재를 뿌린다

울음을 수습하며

풀벌레들 떠나고

쓴 약을 한 번에 삼키듯

목울대 아프던 날

개망초 꽃대궁에 홑겹의 바람이 일고

길섶의 마른 풀처럼

하루를 절며 건넜다

한로를 지난 달빛이

탱자울에 노랗다

환절기

가혹한 오독이다 읽던 책을 덮는다
찬물에 손을 담가 쌀을 박박 씻는다

다정은 여기서 멀어서
모로 누운 등이 춥다

민낯의 문장을 머리맡에 둬야겠다
수사를 모두 버린 간명하고 투명한…

비로소 길이 보인다
한 계절이 저문다

흰피톨의 햇살이

무의탁 구름 사이로 밀납 같은 낮달이다
방금 닿은 전언처럼 가지 끝 붉은 열매

나무의 쓸쓸한 화법
그 너머를 더듬는다

흰피톨의 햇살이 가락국에 내리고
시간이 겹겹 쌓인 능의 후원은 고요했다

바람은 다정했으며
새들의 악보 산뜻했다

아주 멀리 다녀왔으나 글을 이룰 수 없으니
여백으로 남겨둔다, 잠시 펜을 놓는다

아무 일 없다는 듯이
천 년이 또 흘러간다

편지

나무의 화법 희어서 얼굴이 지워져요

당신은 눈사람처럼 차디차게 웃네요

비로소 다 그만두고

집으로 향합니다

거짓말처럼 폭설 그쳐 혼잣말하는 햇빛

내 안의 분노도 그렇게 사위었으면…

나무는 음정을 되찾고

바람의 뼈 투명해요

당신, 조금 웃었다

보던 책 내려놓고 조금 더 멀리 갔다

쉼표 같은 구름 몇 점, 안색 밝은 나무들

조용히 기척을 하는

보풀 같은 잎눈 꽃눈

5촉 전구의 밝기만큼 어둠이 비껴 앉고

세간의 묵은 그늘 시나브로 묽어지는

천지간 물오르는 봄

당신, 조금 웃었다

몇 방울 헐한 눈물

눈길 가는 곳마다 태연자약 가을 깊어
여우팥 새팥의 꼬투리도 영글었다

금속성 소리를 내며
횡횡하는
바람… 바람

망설임 없어 간결한 나무들의 별사와
가벼운 목례도 없이 멀어진 사람들

찬 새벽
나지막한 빗소리
몇 방울 헐한 눈물

인중 짧은 꽃들이

인중 짧은 꽃들이 기척 없이 다녀간다

책상엔 읽다 둔 각주 많은 책이 한 권

먼 데서 부음이 닿고

바람 소리 사납다

꽁지를 짓까불며 노래하던 새들도

음표를 내려놓고 까무룩 멀어졌다

지상엔 땅거미 내리고

눈물 줍는 사람들

드문드문 쉼표처럼,

아가미 붉은 햇살이 도처에 낭자하다

부추꽃 16분음표로

흰 그늘을 드리우고

허공의 현을 건드리는

말간 날개 실잠자리

나절가웃 물끄러미 그 은유를 좇는다

부서질 듯 위태로운

반투명의 문장들

하늘엔 다정한 구름

드문드문 쉼표처럼,

언제나 그러하듯이

바람의 노랫말이 동굴처럼 어둡다

조사弔辭를 읊는 꽃, 후미의 나비들

구름이 깃을 여미며

빠르게 이동한다

기진해진 바람의 눈꺼풀이 닫히자

슬픔은 거기까지, 이마 밝은 별의 운행

언제나 그러하듯이

아침은 도착한다

거기를 찾아가는 여정에 띄우는 전언들

염창권 시인

현존現存을 어떻게 인정하고 수긍할 수 있을까. 과연 나란 존재는 실체로서의 나인가 아니면 그림자로서의 나인가. 이러한 질문은 철학과 종교 혹은 자연과학이나 문학을 망라하여 중심을 가로지른다. 우리는 생의 배후를 다녀온 적이 없기에 미미한 현존을 그곳에 투사하는 방식으로만 이해할 수 있을 따름이다. 그러니, 그 이해조차도 실존이 투사된 상태로서의 그림자 같은 것이어서, 배후의 정면에 세워진 것이 아닌 실루엣과 같은 허상으로 떠 있다. 실존의 뒷면에 종이처럼 얇게 펼쳐져 있는 것은, 감각적 민감성이거나 숙고의 태도이다. 그만큼 실존은 홑겹으로 얇아서 투명한 속살처럼 비치고 또 쉽게 젖어든다.

정혜숙 시인이 『앵남리 삽화』『흰 그늘 아래』에 이어, 제3 시
조집 『거긴 여기서 멀다』를 펴낸다. 첫 시집에서 "자신의 내면
과 일상을 섬세하게 묘사"(정수자)했다면, 두 번째인 『흰 그늘
아래』는 "자연을 매개로 한 존재의 탐색"(송기한)에 시선이 모
아졌다. 이번에는 두 번째 시집에서 보인 시정신을 더욱 확대
심화한 것으로, 현존을 향해 얼비치는 생의 배경과 궁극에 대
한 질문에 맞닥뜨린다. 무연히 바라보는 투명한 눈빛은 존재
의 내밀한 숨결과 그림자까지 받아낼 듯하다. 이쯤 해서 "거기"
를 향한 탐색에 우리의 귀한 독자를 초대하여 함께 출발하고자
한다.

거기는,

시야에 보이지 않으나 나의 인식 범위를 살짝 넘어선 곳에
있다. 이처럼 조금 못 미치거나 넘어선 곳에 '거기'가 있다. 그
러나, 거기는 어디인가, 존재자의 품 안인가, 아니면 이곳과 다
른 초월적 공간에 대한 '홀림'인가. 이와 같은 물음 속에 우리
는 탐색을 멈추지 않는다. 이를테면, '거기'는 누구나 넘겨다보
고 관심을 보이는 보편적 시공간이다. 누구나 가 닿을 수 있으
나, 두려워하거나 외면하거나 아니면 애써 무시하는 시공간이
다. '거기'에서 보내오는 전언을 외면하더라도 그곳에서 풍기

는 '홀림'은 우리의 발목을 끌어당긴다. 홀림으로 오는 감각은 언제나 유한자의 주시하는 시선 속에 머물다 간다. 그만큼 편안하지 못한 곳에 거기가 있다. 심리적으로 이웃에 있는 '거기'는 언제나 인식의 범주 밖에 있다는 점에서 이윽고 닿지 못할 "먼 데"와 같이 후경으로 물러선다. 이윽고 존재의 배경으로 물러선 그림자이자 생을 에워싼 윤곽으로만 얼비치며 나타난다.

　해마다 여름 초입 산을 내려오는
　처음도 끝도 없는
　새의 노래 혹은 문장

　하늘엔 흰 달의 실루엣
　유랑하는 구름들

　그쳤다 다시 울고
　반 박자 쉬어 우는
　새의 음독으로 그예 귀가 젖는 밤

　당신도 혹시 듣나요
　거기도 새가 우나요

–「거기도 새가 우나요」전문

　우리의 몸은 감각 지각을 통해 장소와의 관계를 형성하고, 세계 내 존재로서 사물과 세계의 움직임과 소리를 받아들인다. 민감한 몸 감각은 생명을 가진 것들의 애환에 귀 기울이게 되고, 예민해져서 종이 위에 받아쓴 글자처럼 젖어든다. "거기"는 이곳과는 다른 어떤 곳이다. 시적 화자는 "거기"라는 장소성을 실현할 수 없으니, "새"의 울음소리를 전언 삼아 귀를 기울인다. 이때 "새의 음독"이라 했을 때, 새는 유한자인 내가 볼 수 없는 무언가를 암시받아 전달하는 매개체이다. 여기와 거기가 분리된 중간 지점에 새가 있다. 새는 저 너머의 "거기"에 있는 "당신"의 처소를 보고 듣는다. "처음도 끝도 없는/ 새의 노래 혹은 문장"은 "거기"에서 흘러나오는 전언이다. 그래서 재차 질문한다. "당신도 혹시 듣나요"와 같이, 거기에 대응하여 이쪽의 전언을 옮기고자 하는 의지가 발설된다.

　실존은 주어진 환경 속에서 타자나 세계와의 관계성을 실현함으로써 이루어진다. 그런데 정혜숙의 시는 사회적 실존과는 다른 차원인 본원적인 실존을 찾고자 하는 데서 특징을 찾을 수 있다. 이러한 관점은 시로서의 구도적인 측면에 연결된다. 이는 유한자의 고뇌와 추구를 주체에 귀속시키려는 방향성을 나타내는 것으로, 절대자에게 전적으로 의탁하는 경우와는 대비되는 지점이다.

> 누군가 북채를 들어
> 둥둥 북을 울리자
> 세간의 슬픔이 죄다 서녘을 향한다
> 어스름 적당히 내려
> 울기에 좋은 시간
>
> 옷섶을 적시며
> 당신이 떠난 후
> 한 생을 건너가는 얇고 추운 문장들
> 슬픔을 운구하듯이
> 새들이 날아가고
> —「슬픔을 운구하듯이」전문

"누군가"의 "둥둥 북"소리는, 제의를 알리는 신호음이다. 이 소리는 자연에서 비롯된 것일 수도 주체의 마음속에 재현된 소리일 수도 있다. 이때의 슬픔은 상실의 감정에서 기인한 것으로, "당신"이 '떠난 후' 울음이 옷섶을 적시는 하강적 정조에 잠겨 있다. 그러한 "슬픔을 운구하"는 길은 새들처럼 공중을 건너가는 것이다. 이처럼 관념적으로 객관화되면서 상실은 지상의 무게를 초극하는 공중의 길이자 누구나 겪어야 할 통과의례로 보편화된다. 따라서 "당신"은 유한자이면서 그 유한성을 완성한 자로서 슬픔을 벗어날 수 있다. 보편적 다수인 "당신"은 가족일 수도 있고, 이웃이나 친지 그리고 지상의 누군가일 수도 있다.

"세간의 슬픔이 죄다 서녘을 향한다/ 어스름 적당히 내려/ 울기에 좋은 시간"은 애도를 위한 제의적 시간이다. 허공에 걸린 "서녘"의 소멸 지점은 '주체-자아'의 은유에 해당하는 것으로, 이별에 의한 상실감을 원형질로 삼는다. 이는 상실감이 개인적인 차원을 넘어서 보편적인 생의 국면에서 야기되는 이별에 의한 상실임을 함축하는 것이다. "한 생을 건너가는 얇고 추운 문장들"에서도 읽을 수 있는바, 슬픔의 심적 상태는 언어적 비유를 통과하면서 생명을 가진 모든 사물과 대상들이 붙잡고 있는 찰나적인 시간성을 환기한다.

왜, "서녘"의 시간에 애도의 감정을 불러내고, 그것을 '저 너머'로 이송하려고 하는 것일까. 그것은, 이별에 의한 단절이 역설적으로 개별 생이 가진 단위의 연속이자 완성의 과정임을 정서적으로 환기하고자 함이다. "슬픔을 운구하듯이/ 새들이 날아가"는 그 하늘길에 슬픔의 이송 통로가 있다. 그러므로 실존의 본원적 근거는 허공의 공空한 상태로 열려 있다. 완결을 서두르는 생의 서사들은 "거기"로 환원되거나 흡수된다. 따라서

그 과정들은 일회적이고 단호하나, 이를 바라보는 시선은 존재
의 얇은 무게에 '슬픔'이라는 정서적 질량을 얹어둔다. 즉 언어
적 비유로서 생은 "얇고 추운 문장들"로 표상되는 어떤 상태이
기에 동질적 몸의 상태로 주체화하여 함께 살게 되는 것이다.

여기서,

당신을 추억할 수는 있으나, 당신은 보이지 않고 닿을 수 없
는 "거기"에 있다. 즉 인식의 영역 밖에 있기에 '나-너', '여기'
와 같은 동질성의 시공간을 확보하지 못한다. "더 할 말 이젠 없
다며/ 입술을 닫은 사람(「부음을 듣다」)"에서처럼 '너'라고 초대
할 수도, 대화를 나눌 수도 없이 '입을 다문' 당신이다. 이쪽에
서는 고정된 의미로만 존재하며, 이미 본질 세계로 환원되었거
나 흩어진 존재이다.

에스프레소 한 잔으로 오늘도 잠은 멀다
무표정한 시간은 여전히 나를 비껴가고

어둠의 봉인을 뜯는
흰 달이 높이 떴다

무딘 칼날에도 마음은 움푹 파이고
소리 내어 울지 않아도 옷섶이 흥건하다

지명을 모르는 바람
위로처럼 건듯 분다

거긴 여기서 멀다, 그리운 은적사
도라지꽃 보랏빛 문장 아직 거기 있는지…

때로는 네가 그립다
숨어 살기 좋은 곳
  ―「거긴 여기서 멀다」 전문

"거기"를 불러내는 제의는 "어둠" 속에서만 가능하다. 계시
처럼 "어둠의 봉인을 뜯는/ 흰 달이 높이 떠" 있다. 어둠의 저편
은 알 수 없는 미지의 영역이자 "거기"이다. 그걸 생각하는 마
음은 "소리 내어 울지 않아도 옷섶이 흥건"해진다. 즉 침묵으
로 우는 존재론적인 각성이자 떨림이다. 이때의 슬픔은 탄식을
넘어선다. 구체적인 지명이 없어도 바람이 닿는 곳, 그곳의 지

명을 "그리운 은적사"라고 갑자기 명명한다. 마음속에 지어진 "거기"는 거주처로서 집이자 자기 수양의 공간이다. 그런데 이를 "숨어 살기 좋은 곳"이라고 단서를 붙인다. "보랏빛 문장"은 죽음의 빛깔이자 행간이다. 그러므로 이승과 저승은 시공간적 '틈'을 양립시킨 채 평행으로 진행되는 공간이다. 겹의 우주에서 현존과 영원이라는 두 개의 강물이 평행으로 흐른다. "네가" 여기서 거기로 옮겨 간 것은, 은거를 통한 적막함의 실현을 위함이다. 그런 사원 하나를 짓는 것이 죽음이자 이쪽과 저쪽 사이의 거리 두기이다. 그 거리가 좁혀지면 한 장 백지처럼 얇아진 느낌을 받듯이 생의 이면을 저쪽의 강물이 흘러간다. 그러나 마음으로라도 그곳으로 건너가기는 쉽지 않다. 아직 "먼 데" 있다고 생각한다.

앞에서 언급한바, 시인이 발설하는 '상실'은 보편적인 가치를 지니기에, 타자와의 이별 의식은 공감적 반응을 통한 슬픔의 주체화로 이전된다. 생명을 가진 모든 것들은 서녘의 시간을 향해 바람처럼 쏠려 간다. 불교적인 의미에서 생의 바다는 고해이며, 개체적 삶은 모두 이와 같은 운명적 쏠림을 통해 슬픔을 간직한 존재들이다. 그러나 그 슬픔은 존재를 투과하며 얼비치는, 속이 드러나 보이는 것으로, 곧 상호 연민의 상태를 이루게 된다. 이처럼 타자의 슬픔을 그러모아 주체화함으로써 보편성으로 심화시키는 방식은 정혜숙 시인의 고유한 시 문법

poetry grammar이라 하겠다.

좀 더 다정했으면, 좀 더 웃었더라면…
꽃의 슬하에 놓인 그늘이 깊습니다

바람은 목이 쉬도록
울다 가곤 합니다

늘 그렇듯 담담한 얼굴로
구름은 흐릅니다
쓸쓸한 후렴처럼…

4월의 능선을 넘어 하염없이 흐릅니다

속눈썹이 긴 이스라지꽃이 떠난 후
계수나무 아래서 한참을 서성였지요

거기도 봄이 닿았나요?
새 움 다시 돋나요?

－「늘 그렇듯 담담한 얼굴로」전문

　"꽃의 슬하에 놓인 그늘"을 통해 대상 부재不在의 공간이 만드는 움푹한 허공을 들여다본다. "슬하"라는 말이 갖는 뉘앙스에는 생육적 혈연관계가 내포되어 있다. 그 꽃은 잠시간 지상에 머물렀다 떠난 것이다. 현존의 시간이 짧은 만큼 비극적이고 치명적이다. 그 슬픈 존재의 바닥에 그늘이 깔리고 "바람은 목이 쉬도록/ 울다 가곤" 한다. 그때 바람의 깃을 붙잡고 펄럭이는 것이 시인의 마음이자 곧 문장이다.

　이윽고 "속눈썹이 긴 이스라지꽃이 떠난 후"에 이르러서는 슬픔의 정서가 심미적으로 극화된다. 이와 같은 우주적 음역 속에 4월을 호명하고 안부를 묻는 것은, 텅 빈 "슬하"가 시리게 다가오기 때문이다. "4월"이면 꽃이 있었던 자리에서 '텅 빈' 그늘을 들여다보고, 부재하는 '그들'에게 안부를 묻는다. 현실에는 부재하나 그 영혼들이 보내는 전언을 받아 적는 것은 시인의 몫이다. 자칫 이와 같은 슬픔의 심미적 주체화는 구체적인 현실에서 멀어질 수 있다. 그럼에도 슬픔의 동질화를 통한 사회적 연대의 감정은 대상 세계를 내면화하여 타자를 온전한 상태로 수용하는 힘을 갖게 한다.

　정혜숙 시인이 그리는 슬픔의 미학은 자기 실존과 타자 실존이 맞물리면서, 온전한 실존을 찾아가는 여정이라 명명할 수

있을 것이다. 그렇다면 슬픔은 어디에서 비롯되는가. 그것은
실존의 '온전성'에 대한 그리움에서 찾아볼 수 있다. 삶의 과정
에서 우리는 어떤 결여에 부딪히게 되고, 그 결여가 공_空한 상
태에서 정지될 때 슬픔이라는 정동_{affect}에 물들게 된다.

조금,

웃었다고 했을 때 "당신"의 반응은 나의 지향에 응답을 남긴
것이다. "조금"이라는 미미한 반응으로 인해, '사이'가 갖는 거
리감은 여전하나 그 미약한 기척이 위안을 주는 것은 "먼 데"로
이어진 연대의 끈을 확인할 수 있기 때문이다.

보던 책 내려놓고 조금 더 멀리 갔다

쉼표 같은 구름 몇 점, 안색 밝은 나무들

조용히 기척을 하는

보풀 같은 잎눈 꽃눈

5촉 전구의 밝기만큼 어둠이 비껴 앉고

세간의 묵은 그늘 시나브로 묽어지는

천지간 물오르는 봄

당신, 조금 웃었다
　–「당신, 조금 웃었다」 전문

"당신"은 이곳에 없는 마음속의 존재이자, 실존적으로 타자화된 미래의 나일 수도 있다. 봄이 오는 길목에서 당신을 기다린다. "세간의 묵은 그늘 시나브로 묽어지는" 시기의 봄 느낌에 따라 신체화된 자아는 수피에 물오르는 기색을 알아차린다. "조용히 기척을 하는/ 보풀 같은 잎눈 꽃눈"을 나무 혹은 "당신"이 보내는 전언으로 읽는다.

　겨울 동안 대지는 휴식의 몽상에 잠겼고, "당신"은 그곳에서 어떤 언질도 보낼 수 없었다. 그러던 중, "천지간 물오르는 봄"의 시간이 오자 "보던 책 내려놓고 조금 더 멀리" 나가서 당신의 기척을 영접한다. 이는 "당신"이라는 대지의 신체에 접속된

나의 상태이며, 보이지 않는 세계에 대한 탐색이다. 그러나 짧은 순간의 접속을 남긴 채, "당신"은 언뜻 나타났다 사라지기를 반복한다. 그만큼 「당신, 조금 웃었다」는 정혜숙의 시에서 특수한 코드로 읽을 수 있다. "조금"이라는 단어는 심미적인 추구의 과정을 나타내며, 온전성의 결핍에서 오는 긴장감과 비극미를 함께 보여준다.

  앞에서 온전성의 결여에 대한 인식에서 슬픔이 비롯됨을 언급했다. 아름다운 꽃들은 그 시간을 다 살지도 못하고 곧 떨어진다. 4월엔 꽃다운 아이들이 미처 자기를 실현하지도 못한 채 떠났다. 온전성과 그렇지 못해 단절된 시간 사이에는 '틈'이 "조금" 벌어져 있다. 그 틈을 들여다보는 시간이 길어질수록 상실감은 커진다.

   흠결 없는 문장은 읽기도 전에 사라진다
   시효가 지극히 짧은 아름다운 꽃의 서체

   이제 나 어디로 가랴
   꽃이 저리 지는데

   한 뼘 남은 햇살이 서녘에 위태롭고

한지에 먹물 스미듯 어둠이 번진다

끝까지 와버렸구나
어디에도 없는 다정

바람 앞에 맨몸으로 뒹구는 생이 있어
당신은 이마를 짚어 그 생을 좇아간다

후미진 골목 끝에서
근조등이 흔들린다
　　－「어디에도 없는 다정」 전문

　아름다움은 개별적 요소들이 갖는 완전성과 이들 간의 조화
를 통해 발휘되는데, '온전성'은 이 요소들이 모두 전체성 있게
구비된 상태를 일컫는다. "흠결 없는 문장은 읽기도 전에 사라
진다"고 했을 때, 시적 태도로써 완전성을 추구하는 엄격한 자
기 기준을 추론해 볼 수 있다. "시효가 지극히 짧은 아름다운 꽃
의 서체"처럼, 완전성은 순간의 극미 極美에 닿아 있으니 누구든
쉽지 않다. 짧은 꽃의 시간만큼이나 쉽게 소모되어 어둠의 시
간이 벌써 도착해 있다. "끝까지 와버렸구나"와 같은 탄식은 꽃

의 시간에 눈길 줄 사이도 없이 소모되어 버린 현존을 바탕으로, 완전성의 상실로서의 자아의 상태를 말한다. 언젠가는 꽃의 시간이었을 것이나 미처 인식할 틈도 없이 현존의 불완전성만을 확인하게 된 것이다.

전환부인 "어디에도 없는 다정"에서 자아의 가치는 절하되고, 타자와의 관계성을 바탕으로 자기 현존을 객관화한다. 이윽고 "맨몸으로 뒹구는 생이" 있고, 좇아가는 "당신"이 있고, "골목 끝에서/ 근조등이 흔들린다"와 같은 일련의 생의 서사는, 누구나 겪게 되는 꽃이 가진 퇴로이자 쓸쓸한 종말 의식이다. 이처럼 주체의 좌절된 경험이 타자의 생애를 참조하여 관계를 맺으면서, 누구나 좌절된 경험을 뒤로한 채 퇴로를 찾아가는 '시간 여행'의 은유 속에 머물게 되는 것이다. 이는 유한자의 슬픔이 가진 보편적 의미이다.

홑겹으로,

가벼워진 생명은 돛배처럼 흔들리며 날아가는 나비의 날개에 비유된다. 보이지 않는 공기의 파장을 타고 가는 "초서체의 문장"처럼 생의 몸짓에는 의미가 담겨 있다. 보이지 않는 세계에서 오는 소식이거나 전언이기 때문이다. 읽기 힘든 "비문祕文"이므로 그 비의를 애써 헤아려야 한다. 눈길로 "천천히 따라가"는 것은 그걸 느낌으로라도 감지하기 위함이다.

초서체의 문장을 천천히 따라가요
맑고 아름다운 나비의 홑겹 노래
읽힐 듯 읽히지 않는
쓸쓸한 비문秘文이죠

나비를 부축하는 바람의 행려와
무릎에 고개를 묻은 초로의 저 남자
마음이 출구를 잃어
안개 속에 갇혀요

서풍의 갈피에 희미한 울음 몇 올
꽃의 이마 쓰다듬는 봄의 미간 어두워요
누구나 세상에 와서
조금씩 울다 가죠
　 -「나비의 문장을 읽어요」 전문

아름다운 봄날, 생동하는 자연의 느낌 속에 "나비를 부축하
는 바람의 행려와/ 무릎에 고개를 묻은 초로의 저 남자"가 극명
하게 대비된다. 시간적 거리를 둔 상태로 두 생명체에게 입구

와 출구가 평행으로 놓여 있다. "누구나 세상에 와서/ 조금씩 울다 가죠"와 같은 존재론적인 슬픔은 누구나 겪게 되는 숙명이지만, 이에 대한 인식은 존재에 대한 공복감을 가져온다. 시적 주체는 출구를 찾아야 할 시간에 인접해 있다. 출구가 보이지 않는다.

그럼에도 나비와 꽃에 눈길을 주는 것은, 그들의 아름다움만큼이나 시간은 단명하고 생의 위태함이 동반하고 있기 때문이다. 즉 "바람의 행려"가 그 길이다. 존재의 기반을 떠받치고 있는 봄날의 자연을 홑겹의 서사로 읽는 것은, 그만큼 자연에 대한 감각이 신체화되면서 섬세하게 반응하고 있음을 나타낸다. 이때 "자연은 존재의 '말', 즉 진리를 담지하고 있는 대상이기도 하지만 동시에 불안하고, 불완전한 현존재의 표상이기도 하다."(송기한) 시인이 자연에서 찾고자 하는 것은, 시라는 유미적唯美的 완전성에 부합하는 이미지이자, 존재론적 본질에 해당하는 숭고한 어떤 상태이다. 그러나 변화하는 자연물 속에 주체의 얼굴이 반성적으로 되비춰지면서 주체에 매개되었던 자연은 신체적 감각으로 환원되는 방식으로 시의 이미지가 파생된다. 그러므로 그의 시 속의 자연은 신체화된 상태의 감각적 지각 대상으로서의 자연이다.

사기 접시에 담겨있는 맑고 흰 꽃의 말

손대면 부서질 듯, 먼 데서 온 묵독이다

묵독에 귀 기울이다

잠시 균형을 잃었다

소문도 기척도 없이 이울어가는 봄날

네 말은 내게로 건너오지 못해서

서녘의 간찰이 되었나

차마 읽지 못한다
 —「먼 데서 온 묵독이다 - 봄맞이꽃」전문

  따라서 자연을 읽는 것은 시의 문맥을 더듬어서 옮겨 적는
일이다. 시 창작은 잃어버린 의미 혹은 잃어버린 시간을 찾는
여정 속에 있으며 언제나 어떤 낯설고 깊은 곳을 선회하게 된
다. 자연이 불러일으키는 계시와 같은 경이에 움찔하면서도,

112

반사적으로 메아리치는 무의식을 백지 위에 옮겨 적는다.

그러므로, "사기 접시에 담겨있는 맑고 흰 꽃의 말"은 나의 전자아前自我가 불러내는 자연이며, 순수 지향으로서의 내가 바라는 '온전성'의 상태이다. 이는 시인의 유미적 감수성과 더불어 시작의 태도가 삶이 가 닿을 수 없으나, 희구하는 바의 숭고를 시적으로 체현하고자 함을 나타낸다. 그러나 곧 의식의 세계로 돌아오면서, 순수자아는 "손대면 부서질 듯" 위태롭고 단명한 순간에 기대고 있음을 알아차린다. 끝에서 "차마 읽지 못한다"고 했을 때, 그 꽃은 이미 "이울"고 난 뒤이다. 시인이 이처럼 순간의 미학에 집중하는 것은 생명을 가진 존재자는 누구든 불완전한 현존을 인정하면서도 숭고를 갈망하는 상태에 처해 있기 때문이다.

*

정혜숙 시에서, "거기"로 이행하는 여정에 슬픔의 정동이 함께하고 있음을 살펴보았다. 정리하자면, 그의 시에서 "문장"은 생의 행로와 같으며, "행간"은 존재의 균열이 발생하는 틈이며, "미간"이나 "안색"은 고독한 일상의 형편을 표상하고, "인중"에 새겨진 시간은 운명적인 힘이다. 홑겹으로 맑고 투명하게 널어 놓은 이미지들 속에서 백지처럼 얇아진 배후의 세계가 얼비치며 내색한다. 이때 유한자로서 겪는 상실감과 좌절들은 사적 영역을 넘어서 관계적 질서를 불러오는데, 이를 통해 슬픔은 심미적으로 보편화된다. 부음으로 전달되는 배후의 세계를 고통이나 두려움이 없이 심미화하는 것은, '여기'와 '거기'를 통합하여 관념할 수 있는 전일全一한 세계관에서 기인한다고 본다. 또한 상실이나 좌절이 분노나 원한의 감정으로 이행하지 않고 심미화되는 것은 그가 가진 특유의 세계관에서 발생하는 것으로, 현존을 영원의 포대기에 감싸인 배아처럼 보았기 때문일 것이다.

앞선 시조집에 이어지는 이번 제3 시조집에서 몇몇 시어들이 반복적으로 사용되는 것은, 신체화된 슬픔의 상태를 심미적인 이미지의 상태로 제시하기 위함이다. 시적 방법 면에서는 주체가 대상 세계를 겉돌지 않고 곧바로 내부로 직입함으로써 세계를 자아화하거나 자기 정조화한다. 이는 시인의 개성을 두드러지게 하는 요소이다. 잃어버린 시간을 찾아가는 앞으로의 여정에서는 더욱 낯선 곳에서 길을 찾는 용기가 함께하기를 기원한다.

거긴 여기서 멀다

—

초판 1쇄 2022년 6월 15일
지은이 정혜숙
펴낸이 김영재
펴낸곳 책만드는집

—

주소 서울 마포구 양화로3길 99, 4층 (04022)
전화 3142-1585·6
팩스 336-8908
전자우편 chaekjip@naver.com
출판등록 1994년 1월 13일 제10-927호
ⓒ 정혜숙, 2022

—

* 이 책은 서울문화재단 '2021년 창작집 발간 지원사업'의 지원을 받아 발간되었습니다.

—

ISBN 978-89-7944-805-4 (04810)
ISBN 978-89-7944-354-7 (세트)